L'ORDRE

DU TEMPLE

Poëme

PAR

PHILIPPE BELLOT

Publié à l'occasion de la solennité où Georges IV, roi de Hanovre,
a été proclamé grand maître de l'Ordre du Temple.

PARIS, JUILLET 1857.

L'ORDRE

DU TEMPLE

Poëme

PAR

PHILIPPE BELLOT

Publié à l'occasion de la solennité où Georges IV,
roi de Hanovre, a été proclamé grand maître de l'Ordre
du Temple.

PARIS, JUILLET 1857,

PARIS. — IMPRIMÉ CHEZ BONAVENTURE ET DUCESSOIS,
QUAI DES AUGUSTINS, 55.

A Sa Majesté Georges IV

ROI DE HANOVRE

Grand maître de l'Ordre du Temple.

Sire,

Au moment où Monsieur le Comte Jean-Jacques de Szapary, commandeur et légat-sortant du palais de Votre Majesté, m'annonçait par dépêche télégraphique que l'acceptation de la Grande Maîtrise de l'Ordre du Temple royal de Hanovre était signée, dans ce moment même je traçais le dernier

mot du petit poëme que j'intitule : L'Ordre
du Temple.

Alors, une pensée, plus rapide encore que
le fluide qui m'apportait une bonne nouvelle,
vint frapper mon esprit, comme si elle venait
directement du ciel. Cette pensée aisément
se devine : c'était d'offrir à Votre Majesté la
dédicace de ce petit ouvrage de circonstance,
qui ne contient que des faits incontestables,
se manifestant sous l'innocent coloris de la
poésie, ouvrage dont tout le contenu est
l'expression d'une conviction profonde et
sérieuse. En daignant l'accepter, Votre
Majesté donnera à cet opuscule une impor-
tance, un lustre qu'il n'a pas, en rendra la
lecture plus fructueuse, et comblera d'une
joie véritable celui qui a l'honneur d'être,

de Votre Majesté,

Le tout dévoué et reconnaissant
serviteur,

Philippe BELLOT.

8, rue des Écuries-d'Artois.

Paris, ce mardi 6 juillet 1857.

L'ORDRE DU TEMPLE

Je viens rendre un hommage à l'Ordre précieux
Qui, certes, fut fondé par la bonté des cieux;
Dont la foi, les vertus, les immenses services,
Produisirent leurs fruits sous de divins auspices.
Ses principes connus ont précédé les temps
Et seront à jamais des statuts importants.
Ils furent enseignés par plus d'un patriarche :
Abrah, Isaac, Jacob, Noé, sauvé dans l'arche,
Moïse et les voyants; mais surtout Jésus-Christ
Et son disciple Jean en transmirent l'esprit,
Sa pure théorie et sa douce pratique,
A tous leurs successeurs dans l'ordre lévitique.

Jésus, le grand pontife, les scella par sa mort.
Un de ses successeurs, Jacque, eut le même sort.....
Molay, noble martyr! admirable victime
Et d'un pape et d'un roi, que souille un bien grand crime.
Ces tyrans que Clio, d'une puissante voix,
Tous les cœurs généreux des peuples et des rois,
Justement indignés, ont proclamés « infâmes, »
Après tes longs tourments, te livrèrent aux flammes.
Ce fut aussi le sort de tant de ces guerriers,
Revenus du Levant tout couverts de lauriers,
Comme toi rayonnants et d'honneur et de gloire,
Lions dans les combats, agneaux dans la victoire.

Rome, puissante alors, dans ces temps ténébreux,
Dominait saintement les peuples malheureux,
Et le pouvoir papal, plus craint que le tonnerre,
D'un geste ou d'un regard faisait trembler la terre;
Après son dernier mot, il fallait dire : Amen!
La mort frappait tout schisme et tout libre examen.
Le pape Clément cinq, ce charitable prêtre,
Cherchait depuis longtemps à perdre le Grand Maître,
Qu'entouraient sagement d'un respect mérité
Tous les dignes amis de toute vérité;
Il voulait renverser le saint Ordre du Temple,
Que le monde chrétien avec plaisir contemple,

Décochant tous ses traits, porter un coup fatal

Et détruire à jamais ce terrible rival.

Mais, pour bien réussir dans cette sublime œuvre,

Tour à tour il faut être agneau, tigre et couleuvre;

Du pied des saints autels il faut que mille voix

Préparent les esprits, les peuples et les rois.

Des moyens qui perdraient un saint ange lui-même

Noirciront nos saints preux, qu'on admire et qu'on aime;

L'adroite calomnie, apprêtant tout son fiel,

Versera le poison sous le doux nom de miel.

Des ordres sont donnés, et partout l'on arrête

Ces nobles chevaliers et leurs chefs à leur tête.

Traités en criminels, chargés d'ignobles fers,

Dans des cachots impurs, les tourments des enfers

Leur seront prodigués. Afin que ces victimes,

Que l'on prive de tout, s'accusent de grands crimes,

Tous les raffinements qu'on nomme question

Leur seront appliqués par l'Inquisition *.

En lisant les détails de leurs cruelles peines

Notre sang bouillonnant se glace dans nos veines,

Et nous foulons aux pieds tous ces vils instruments

Qui causèrent leurs longs et barbares tourments.

Quels furent les motifs de ce crime incroyable,

*La même *sainte Inquisition* existe encore dans le catholicisme.

Accompli sous l'aspect d'un arrêt équitable ?
—Le pape était jaloux de cet Ordre puissant,
Dont l'immense pouvoir allait toujours croissant ;
Jaloux de ses progrès, de sa bien pure foi,
De son profond respect pour toute sainte loi,
De toutes les vertus dont il donne l'exemple,
Du feu sacré qui luit sur les autels du Temple,
Qui, semblable au soleil mûrissant nos sillons,
Doit sur l'humanité verser ses doux rayons,
Éclairer les esprits, et, par ses vives flammes,
Purifier les cœurs, unir toutes les âmes.

Le vieux spectre Satan, plein de prétentions,
Prétendant dominer les rois, les nations,
Avec ses noirs esprits rampant dans les ténèbres,
Voit tout son avenir sous des voiles funèbres ;
Il ne peut plus souffrir les rayons radieux
Que l'Ordre, beau soleil, lui jette dans les yeux,
Qui peut, par son éclat, dissiper des nuages
Qui couvent dans leur sein de terribles orages.
Dans l'espoir d'adoucir ses ennuis pleins de deuil,
Chasser les esprits purs qui fatiguent son œil,
Par un moyen trompeur faisant mille victimes,
Il accroît par milliers le nombre de ses crimes.

Ayant dilapidé tout le royal trésor,

Et voulant à tout prix de l'or, encor de l'or,
Le monarque français, Philippe le perfide,
Des grands trésors de l'Ordre est bassement avide,
Et sachant que le Temple en renferme beaucoup,
Par le pape excité frappera le grand coup.
Ce grand-coup, qu'ourdissaient l'astuce, l'artifice,
N'est rien moins qu'un grand crime, une énorme injustice.
L'Ordre, par ces méchants, lâchement avili,
Sans formes et sans droit est par eux aboli.
Partout ces chevaliers, par des moyens atroces,
Sont traqués comme, et pis, que des bêtes féroces.
Quelques-uns travestis en maçons, en pasteurs,
Rendent nuls les efforts de leurs persécuteurs.
Chez les peuples soumis au saint pouvoir du prêtre,
Ces chevaliers errants n'osent plus y paraître ;
Mais il en est pourtant, qui, touchés de leur sort,
Les arrachent vivants d'une cruelle mort,
Leur offrent, s'exposant, des secours charitables,
Et sont pour ces proscrits des amis véritables.

Dans ces temps reculés je cherche et je contemple
Jacques Molay , pontife et Grand Maître du Temple,
Suivi de ses guerriers, défenseurs de la Croix,
Et je le vois marcher à la hauteur des rois.
Son esprit, ses vertus, avec sa vie austère,
De lui font un grand homme, un noble caractère.

En brûlant ces guerriers, et les faisant mourir,
On pense qu'avec eux leur Ordre doit périr.
On peut ravir leurs biens, leurs immenses richesses,
Et de ces biens volés faire mille largesses.
On dit que biens volés doivent porter malheur,
Que des dons ainsi faits ne portent point bonheur,
Qu'il faut restituer.—Tel dire, je l'honore.—
Ces biens en d'autres mains passés y sont encore;
On les connaît, ainsi que tous leurs possesseurs.

Nos chevaliers martyrs ont eu des successeurs,
Héritiers naturels de leurs bien dignes pères,
Sans interruption jusqu'en ces temps prospères.
L'Ordre a pu parvenir intact jusqu'à nos jours,
Et si j'en crois l'augure, il durera toujours.
J'atteste, prosterné devant l'Être suprême,
Que sont là, sous mes yeux, les statuts, le saint chrême.
Croyances, Beaucéan, maints restes précieux,
Conservés avec soin de cet Ordre fameux.
Je compte, avant Molay, juste vingt-trois grands maîtres,
Des deux milices chefs, pieux soldats, saints prêtres;
Depuis le grand martyr il s'en est succédé
Vingt-trois, nombre de ceux qui l'avaient précédé.
Sur leur Charte je lis leurs noms, leurs signatures;
De leurs procès-verbaux je lis les écritures;
Dans ces restes sacrés, véritable trésor,

Je vois leurs Livres Saints, je vois leur Livre d'Or ;
Plusieurs os calcinés, précieuses reliques !
Figurent au milieu de ces choses antiques...
Ceux de Jacques ! peut-être. A ce penser je sens
Qu'une force étrangère agite tous mes sens ;
Un frisson froid, glacial, a parcouru mon être...
Un esprit a passé... C'était Molay, peut-être !
Je me crois au bûcher, au culte solennel,
Où Jacques, frémissant aux pieds de l'Éternel,
Élève vers le ciel sa vénérable tête,
Rayonnant de clartés comme en un jour de fête.
Son regard inspiré soutient ses chevaliers ;
Les spectateurs émus, qui sont là par milliers,
Gémissant, se livrant à de vives alarmes,
Se frappent la poitrine et répandent des larmes.
D'une puissante voix le Grand Maître s'écrie :
« Nul de nous n'a trahi son Dieu ni sa patrie ;
« Français, souvenez-vous de nos derniers accents :
« Nous sommes innocents, nous mourons innocents.
« L'arrêt qui nous condamne est un arrêt injuste ;
« Mais il est dans le ciel un tribunal auguste
« Que le faible opprimé jamais n'implore en vain,
« Et j'ose t'y citer, ô pontife romain !
« Encor quarante jours !... je t'y vois comparaître. »
Chacun en frémissant écoutait le Grand Maître.
Mais quel étonnement, quel trouble, quel effroi !

Quand il dit : « O Philippe! ô mon maître! ô mon roi!

« Je te pardonne en vain, ta vie est condamnée;

« Au tribunal de Dieu je t'attends dans l'année*. »

Dans l'année il mourut, rongé par le remords;

Clément, au temps prédit, eut la plus triste mort.

Il paraît démontré que cette prophétie,

Que tout enfant de Dieu saintement apprécie,

Était la voix du ciel annonçant aux mortels

Que de tels bûchers sont de sacrés autels;

Que de tels condamnés, au milieu des supplices,

Sont de glorieux saints offerts en sacrifices;

Que tout persécuteur, aux yeux de l'Éternel,

Dans le procès du Temple est un grand criminel.

Cinq siècles écoulés ont méconnu la gloire

De ces nobles martyrs, et flétri leur mémoire

Par d'indignes dévots. Du séjour bienheureux

Nos chevaliers français, ces esprits glorieux,

Ont le droit d'exiger une amende honorable

De ce siècle éclairé, qui leur est favorable.

Sans doute elle aura lieu; c'est de toute équité.

Il faut de leurs bûchers flétrir l'iniquité.

Près du beau monument, le palais de Justice,

Où du grand Jacque eut lieu le cruel sacrifice,

L'île des Juifs, alors, et qu'on nomme à présent

* Raynouard, tragédie des *Templiers*, 1805, page 96.

Place Dauphine aussi ; vis-à-vis est présent
Un de nos plus grands rois ; c'est nommer Henri quatre,
Qui savait—on l'a dit—vivre, aimer et se battre ;
Autre victime, hélas ! d'une barbare erreur,
D'un fanatisme obscur l'infernale fureur.
Qu'en cet endroit maudit une belle statue
De Jacques soit placée, et qu'elle perpétue
Le nom et les hauts faits de l'Ordre généreux,
Le plus noble peut-être et le plus malheureux...

Je m'arrête soudain, car il me semble entendre
Une petite voix que je voudrais comprendre ;
Voix pure qui paraît, par sa grande douceur,
Être la voix d'un ange ou d'une vierge sœur ;
Telle voix qu'on chérit et qu'une femme adore ;
Voix d'un génie aimant qui sourit à l'aurore.
Elle excite en mon cœur le plus ardent désir,
L'écoutant attentif, de pouvoir la saisir :
« Quitte ce lieu d'horreur, ce Golgotha—dit-elle—
Ce peuple, que désole une scène cruelle ;
Ces envoyés du roi, qui courent éperdus ;
Ces bourreaux attendris, dans la foule perdus,
Et ces guerriers tremblant sous le poids de leurs armes,
Tous ces mortels livrés à de vives alarmes...
Va dans un autre lieu reposer tes soupirs,
Et rafraîchir ton front sous l'aile des zéphyrs.

Vois le sol où posait le Temple magnifique,
Qui fit de cet endroit un lieu saint et classique,
Où d'antiques échos redisent les hauts faits
Des chevaliers du Temple, ainsi que leurs bienfaits.
Vois ce lieu vénéré, vois cette sainte terre,
Où siégeaient le Grand Maître et son grand magistère.
Là même, en ce moment, le grand Élu—celui
Sur qui l'œil radieux de l'Éternel a lui—
Qui tient d'un bras puissant les rênes de l'empire,
Qu'un génie éclairé profondément inspire,
L'héritier naturel du grand Napoléon,
De la France du jour le nouvel Apollon,
Qui marche, d'un pas sûr, de victoire en victoire,
Dont les faits s'inscriront aux fastes de la gloire,
Des malheurs du passé l'actif réparateur,
Qui faisant de Paris un séjour enchanteur—
Où les vices bientôt n'oseront plus paraître—
Fait du marché du Temple une place champêtre.
C'est là que vont bientôt s'élever dans les airs
Des arbres variés, des arbustes divers,
Et sous le vert manteau de la belle nature,
Présentant les attraits de sa riche parure,
La Flore, offrant aux yeux ses plus riches couleurs,
Embaumera ces lieux de ses douces odeurs.
Que ce lieu soit pour tous un autel, une église;
Le buisson flamboyant que contemplait Moïse;

Le Thabor où le Christ, Jésus transfiguré,
Fut par de vrais amis saintement adoré.
Que ce soit un saint temple, un divin tabernacle ! »

La voix que j'écoutais allait rendre un oracle ;
Un grand événement à l'instant fut prédit,
Et j'inscris, mot pour mot, ce que l'oracle a dit :
« D'un royaume chrétien la tête couronnée
Relève en ce moment la noble destinée
De l'Ordre qui te doit les pensers généreux
Que trace ingénument ton crayon chaleureux.
Le ciel dans sa bonté, son amour adorable,
Préparait pour le Temple un Grand Maître admirable,
Dont les principes purs, les croyances, la foi,
Font de ce bon monarque un grand, un digne roi ;
Il saura, protégé par la bonté divine,
Relever l'Ordre saint de sa sombre ruine.
Ce saint Ordre était mort, il est ressuscité !
Il doit briller un jour dans plus d'une cité
Où les peuples charmés recevaient la lumière
Qu'il versait, devant lui, dans toute sa carrière.
Il faut que sur le Globe, en tous lieux habités,
Jacque et ses chevaliers soient réhabilités,
Et qu'ici l'on érige une belle statue
Du Grand Maître martyr, qui dise et perpétue

Son mérite et celui des dignes potentats

Honorant l'Ordre saint dans leurs propres États,

Et qui puisse à jamais transmettre la mémoire,

Moins de ses grands malheurs, que de sa grande gloire. »

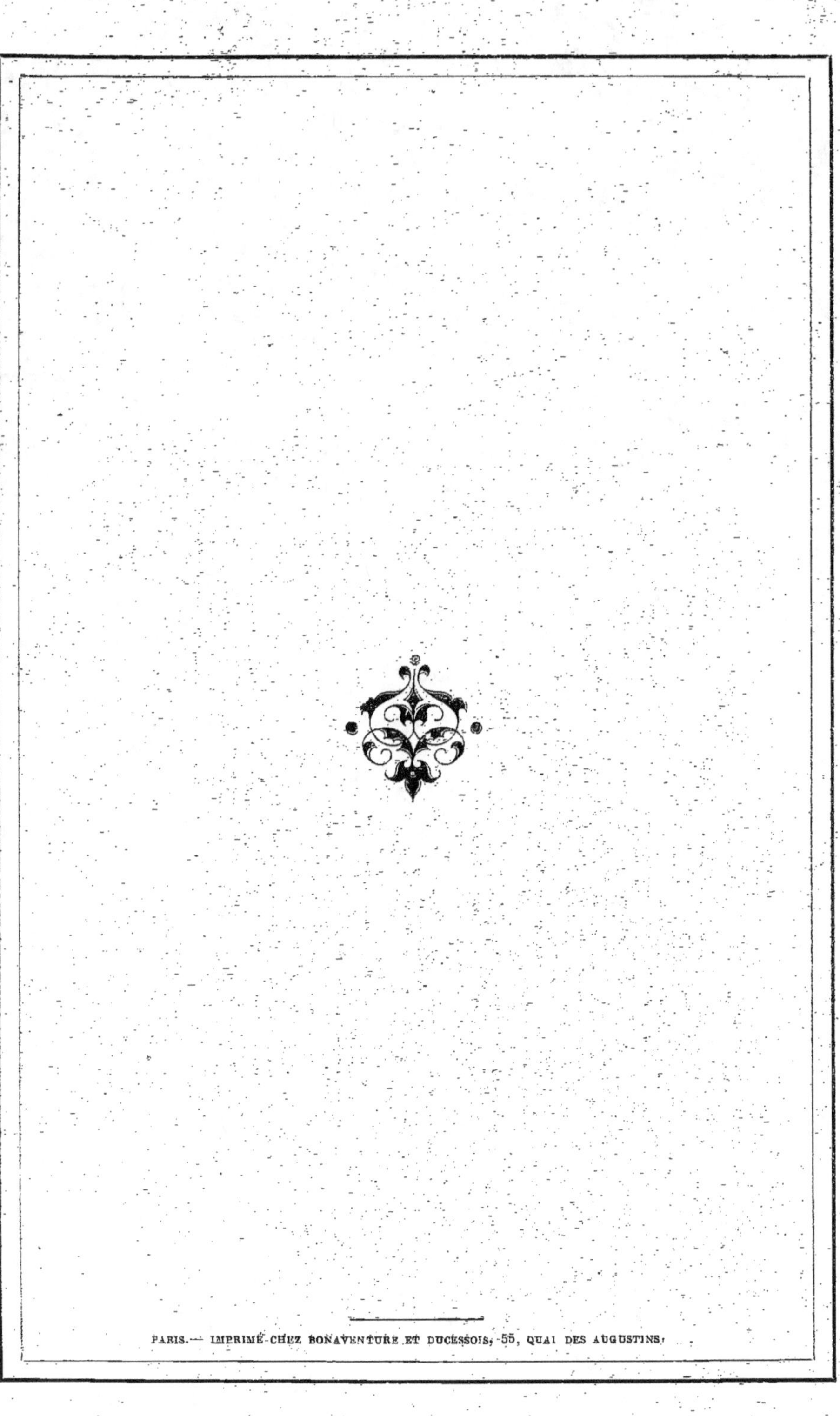

PARIS. — IMPRIMÉ CHEZ BONAVENTURE ET DUCESSOIS, 55, QUAI DES AUGUSTINS.